有隻貓在芒果星

豬仔媽咪（蔡洁）──著

大名：布歐

暱稱：豬仔、布歐豬、臭臭……

性別：男生

年齡：快將四歲

星座：麻煩且注重細節的處女座

性格：開朗，喜歡戶外活動；
**　　　也愛宅，喜歡發掘每一個能睡覺的角落。**

**　　　總結，動靜皆宜。**

誰不想做她的貓
Momo 吳汕默

我從小喜歡狗，不喜歡貓，因為被貓貓抓傷過，後來長大後見過許多可愛溫順的貓貓，心理陰影才慢慢"康復"。

蔡潔的布歐豬是一隻我百般討好也沒用的貓貓，其他的小動物都很熱愛與我相處，但布歐豬不受賄賂，我這隻"舔狗"什麼都做齊了，但他好像看得出我心思：
"女人，你只不過是想要玩弄我藉以慰藉你寂寞的心"。

沒錯，他藍藍的眼睛看穿了我，很慚愧，無法養寵物的我只是想要偶爾找個毛茸茸生物抱抱而已。

蔡潔對布歐豬的愛，是大愛，如果以母子關係比喻，她就是那種放養小孩的媽媽。不求回報，不求短暫的慰藉，甚至放任布歐豬的傲嬌臭脾氣（在我看來啦），每次我被布歐豬打，她都會辯解"人家很乖的，是你太煩惹到人家了"，不過布歐豬確實乖，再怎麼忍不了也不會咬人。

其實多年前剛剛認識蔡潔時，我也覺得她像貓咪，有點高冷，你去撩她，她冷冷的；但是當你做自己事情時，她又主動湊過來。果不其然，在她來 TVB 拍戲我們重遇後，她就像一隻久別重逢的貓貓，一直走來蹭毛，這誰能拒絕嘛？我們就這樣有一搭沒一搭地越來越熟絡。古有"君子之交淡如水"，今有"君子之交像貓貓"，貓貓和貓貓的友情，勉強不來，聞聞尾巴，毛沒豎起來，就可以一起吃罐罐。

和蔡潔熟絡之後，才發現她性格的反差，外冷內熱，外柔內剛，是非常鮮明的對比。我和她一樣，都是一個人在陌生城市獨自生活工作的女生，所以明白她還需要分出愛給一隻貓貓的偉大。每個人都有保護色，她的溫柔就是保護色，但她有足夠力量保護自己和自己的貓貓。不論是誰治愈誰，不論是選擇獨自一人還是與誰一起，我認為她都有能力給到她愛的人與動物一種溫暖和放任。

　　繼續傲嬌吧布歐豬，你有你蔡姐撐腰，這一點別人羨慕不來。

作者序

　　認識我的朋友都說我寵壞了豬仔，說不能做一個慈母啊，現在養育豬仔就可以提前準備一下，如果你以後成為一個母親，有自己的小朋友，你就不會敗兒了。

　　我都這樣回答朋友，以後如果我有自己的小孩，我就會把他扔到社會中，讓他自由生長和打滾，反正長大後他也會離開我，有自己的家。他有手有腳，可以決定自己要去哪。可是豬仔怎麼一樣？豬仔的全世界就是我啊！我不寵他誰寵他？

　　這確實是我的心底話。一隻貓咪，你需要他有什麼作為呢？如果貓咪有緣能和自己的主人遇上，有了一個家，那麼這個家真的會是他的宇宙。他這一生，就是圍着主人，在這或大或小的四面牆內渡過。

　　我覺得，人生在世，能做好的事情其實不多，但養育好我心愛的小貓，照料好他的起居飲食，應該算是我力所能及做得比較好的事吧。很高興我把豬仔照顧得不錯，這幾年間他長大了，也變得肥肥白白，算是勞動成果的驗收，當然我也很樂意有這個甜蜜的負擔。

　　工作之餘，我很喜歡和豬仔一人一張沙發待在家裡發呆。開着陽台門，靜靜感受風吹着，我們一起漸漸入睡，或一起看天空從淺藍變粉紅。

　　突然有一天，我想，還有什麼能為豬仔做的呢？豬仔其實是一隻很容易滿足的小朋友，如果我不用開工，能待在家裡陪他，他就會一整天都很快樂。所以大概我能為他做的，也不是提供更多的物質吧。早年間也有看到另一隻可愛貓貓忌廉哥的一些故事，知道寫

下這篇文字時，忌廉哥早已畢業回到貓星球享樂，但當時讀到他的故事，看到他可愛的生活照片時，也會感到很開懷。相信有很多人也是因為這隻可愛貓貓而獲得了快樂一刻。

我突發奇想，如果我把豬仔的故事分享到更多地方，讓更多的人知道他的樂觀、可愛、勇敢、善良，是不是也能為別人帶去一些歡樂呢？如果因為豬仔，能夠集合一群愛護動物的朋友，一起為社區做點有意義的事，那豬仔是不是更加功德圓滿？可能下輩子就變成人類了！（豬仔心想我才不要變成人類，每天都要出門狩獵。還是在家好好睡覺比較開心）。

共同創造一段美好回憶，大概是最棒的禮物之一。於是我開始記錄下他的點點滴滴，也開始勤奮地為他拍攝生活照片（也不是很需要勤奮，畢竟我的手機相冊早已被他攻佔）。

在這本書面世前，我跟身邊朋友說了書名，叫做《有隻貓在芒果星》，大家都很好奇地問，為什麼是芒果星？我想了想說，是我家的 Wi-Fi 啊，「Mango Planet」，所以這本書講述的就是豬仔在我家的故事啊。朋友們聽了後大多反應都是，那為什麼你家的 Wi-Fi 是「Mango Planet」？相信讀完這本書，你們就會知道背後的故事。

在此，祝願各位都能擁有自己心愛的美麗星球。

蔡洁

豬仔：我未來的家會是怎麼樣的呢？

豬仔：非常地期待喔！

01.
豬仔來啦！

豬仔的到來是我從來沒有想過的。

其實早在十年前，我在澳洲讀書的時候，那時真正意義上第一次養了一隻自己的貓，名字叫做妹妹。後來，妹妹在我離開澳洲回來工作前就離世了，結束了自己短短兩年的地球歷險生涯，返回了貓星球。

這份傷痛一直藏在我心底，導致我在港工作那麼多年，縱使常常一個人回到家，面對四面牆壁，安安靜靜冷冷清清，心裡無數次渴望，可以再擁有一隻屬於自己的小動物，可到最後都沒有能鼓起勇氣。

一九年的夏秋之際，我和一班演員在參與一套電影的拍攝。閑聊期間，我說起了自己很喜歡貓這件事，其中一位女生馬上表示，如果送我一隻貓，我會不會接受？

當時聽到這句話，我只以為她在開玩笑。後來，那位女生多次試探我的心意，我也沒有夠膽去詳細問她原因。為什麼要送我啊？她自己養不了嗎？我怕如果再詳細去探問，別人就會覺得我在很認真地研究這件事，然後對於這隻未知的貓貓，似乎也有了一點點責任。雖然在那刻，我清晰感受到自己的內心，根本是不抗拒的。

電影殺青那天，在好奇心驅使下，我向這位演員朋友打聽了，為什麼她會有把貓貓送出去這個念頭。原來，這位女生家中已經有很多隻貓，對於單身的女孩子來說，她有點負荷不了這份責任。而最近，其中一隻貓媽媽又生了一窩小寶寶，於是她就決定要把小寶寶都送出去。演員朋友說，從多次的交談中，感受到我很喜歡小動物，也覺得我會是一個靠譜的主人，就很想把其中一隻幼貓交託給我。

在聽到原委的當下，我不知哪裡來的衝動，很想答應。之所以這樣說，是因為在之前數年間，其實不只一次收到過要把小貓托付給我的邀請，但我都一一婉拒了。為何這一次我會有衝動呢？難道是時機已到，上天要告訴我，我已經準備好迎接一個新生命了嗎？

最後我還是沒有當場答應下來，只表示希望回家再看看情況，考慮一下，恰逢當時也在考慮要不要搬家，希望可以先把自己的事情安頓好，再看看能不能夠迎接小貓。

工作結束後，我再次進入到一個演員常見的迷惘期當中，思考着很多關於自己職業生涯以及生活的種種瑣碎事情，也沒有馬上決定好接下來的住處問題。於是小貓這件事就這樣被擱置了下來。

時間匆匆地過了兩個月，來到了一九年的十一月。某天我和好友到何文田喝咖啡，之後再到附近閒逛。原來喝咖啡的地方就是何文田出了名的寵物街，我們逛著寵物店，竟然在短短的勝利道上逗留了幾個小時，被店裡可愛的小貓小狗吸引住。

　　好友試抱了很多隻小貓，每隻都說跟自己很投緣，我哭笑不得。突然間，我想起了兩個月前和演員朋友的對話，瞬間很想關心一下那窩新生小貓的情況。

　　於是我給演員朋友發了個訊息，她很快就回覆了我，還發來了小貓的視頻。短片中，她特別拍攝了兩隻小貓，都是花紋比較相似的：純白的身體上有着一點點奶茶色的圖案。演員朋友一邊拍攝一邊說：「快看你的小貓！現在已經學會打滾了，還常常和兄弟們打交」，「你的小貓剛剛打完第二支預防針啦」。聽着她的說法，我突然有一股暖流湧上心頭。我的小貓。真的可以嗎？

　　原來有些決定，是可以在一瞬間做好的。我當場回覆了她，說已經決定好了，可以領養其中一隻小貓。演員朋友馬上開心地回覆，問我想要哪一隻？這兩隻小貓是她挑選過的，比較親媽媽的小朋友，猜想我應該會很喜歡。我把短片看了幾次，都無法作出選擇。這兩隻小貓，一隻比較好動而另一隻比較安靜。我毫無頭緒，於是和她說，請她幫我選擇。

　　就是在這一個不經意的下午，我作了生命中其中一個最重要的決定。否則的話，豬仔可能就不會來到我身邊。我回覆完訊息，把這個消息跟正在抱貓的好友說了。好友大吃一驚，表示就這樣匆匆決定了嗎？

我反而豁然開朗，說到，很多選擇從心就好，也許不需要太多的鋪排和設計吧。只要有心，並承諾負責到底，我相信自己會為這個生命帶來幸福的。

好友也被我的決定感染，開心地聊着這隻貓貓應該叫什麼名字。我們隨即開始了頭腦風暴，什麼「阿狗」、「阿牛」都蹦了出來。

因為貓貓是布偶品種，我開玩笑說，可以取個諧音叫做「布歐」哦，那也是自己很喜歡的卡通人物。

好友馬上取笑我，這是什麼奇怪概念，我表示這只是隨意討論一下。由於沒有太多頭緒，我想，名字的事情可以等貓貓來到家中，觀察一下他的性格再算。

那天臨別，我們便約好了到時一起去接貓貓。

02.
神秘的間諜任務

終於到了要接貓貓的大日子！

其實只是和演員朋友說好了的第二天早上，她就發了個訊息過來，說貓貓今天晚上可以接走啦。還睡眼惺忪的我，看到訊息馬上彈起。我還在做功課階段，只是在網上搜索貓貓相關的事項，還沒有去購買用品。始終那麼多年沒有再養貓，還是希望能準備齊全，結果殺我一個措手不及。

貓貓還有十幾個小時就會來到我家，於是我火速衝到勝利道，買好了貓糧、罐罐、貓砂盆、貓砂，還有他的小窩。店員告訴我一定要買個睡覺的窩給新到的貓貓，他們來到陌生環境很有可能不適應而躲起來很久。所以要做好心理準備，他會在某個角落待上一兩個禮拜才能正常活動。店員還讓我回到家後，用家具或者紙皮為貓貓圍一個安全的角落。

另外，貓糧方面，店員介紹給我一包乾糧與凍乾組合的混合糧，他說這是現在貓貓最喜歡吃、也是最受歡迎的。這種貓糧，在我以前養妹妹的時候還沒面世，我感覺很新奇，也接受了店員的推薦。

回到家後，我火急火燎地為貓貓準備他的角落，然後找到合適的位置擺放好貓飯碗和貓砂盆。

　　懷着緊張的心情，我和好友驅車前往了演員朋友指定的地點。不得不說，這地點實在很奇怪。

　　我們來到新界一個頗為偏僻的食街附近。當時已經接近晚上十點，附近的商舖大多也已經關門，沒有什麼行人，路燈也滅了，周圍環境黑漆漆的。

　　我和好友說，我們好像準備要進行什麼秘密任務一樣，有點像間諜。

這個時候，幽暗的小巷子內，演員朋友向我們走來。她擔心我們看不見，還亮起了手機燈光，一閃一閃地打着暗號。

　　我覺得很好笑，也太像神秘交易了吧！不知道是不是被環境影響，我開始緊張得手心冒汗。當走近演員朋友時，只見她兩手空空，並沒有帶着貓貓。我正感到奇怪，才瞥見原來她單肩背了一個很小很小的貓袋。

　　我幾乎忘記了原來兩個月大的貓貓，就真的只有手板那麼大。透過貓袋的網格，我在幽暗中看到了一雙有神、閃亮的眼睛。我們剛剛對上眼神，小貓就向前爬了兩步，靠近網格想要跟我碰鼻子（貓咪的打招呼方式）。

　　啊，我的小貓！我體內的母愛因子馬上被煥發了！

　　接收儀式簡短而快速，我們又驅車踏上了回家的路途。而我剛剛緊張的心情，漸漸變得興奮起來。當我正在想着回家第一件事應該要先讓貓貓做什麼，好友突然說：「咦？你的貓貓好像肚餓了」。

　　我馬上仔細聽聽，只聽到隔着貓袋，竟然傳出了虛弱的「咕咕」煲水聲音。「是小朋友感到很開心啦！」，我馬上解釋，那是貓貓心情愉快的訊號，是一個好的開始。

　　好友說：「他是一隻很大膽的小朋友哦！」。

03.
名字就這樣定了？！

　　回到家，我呆站在門旁，有點不知道要先處理哪件事好。家裡多了新成員，感覺好奇妙！

　　此時，只聽見好友在旁邊不停地叫着：「布歐，布歐，你好可愛啊！」。什麼？就在我晃神的瞬間，你居然擅自為他確定了名字！聽見我怪叫，好友一臉無辜地看著我，說「上次不是討論過，要叫他布歐的嗎？我還以為你已經決定了呢」。

　　我望着已經在開始四處走動探索新家的貓貓，他感覺上一點也沒有害怕，還很接受這個新家的一切，包括這個名字。如果我日後再叫他另一個名字，他會不會很困惑，覺得這個人到底在搞什麼鬼？

　　好友又再說了幾句：「哎呀，那既然布歐不是叫布歐的話，那我們就不要再叫他布歐啦，免得他老是聽到布歐，真的以為布歐是他的名字」。在他這幾句猛烈的「布歐」轟炸下，我妥協了。

　　其實，魔人布歐這個人物的確很可愛，跟眼前這隻活力小貓看上去氣質也挺相似。只希望他能一直做肥布歐，吃得白白胖胖就好；千萬不要像瘦布歐那樣，把家裡拆掉。我們把布歐抱到小窩，他又跑了出來，徑自走到糧食碗邊吃了起來。店員說的新家恐懼症呢？蕩然無存。布歐吃了幾口，又不知哪裡來的力氣，竟然勾着沙發的布料，爬到了沙發頂上，在那裡睡着了。

　　看着這隻小人兒一般的布歐，我知道接下來的生活，即將會迎來翻天覆地的變化。

04.
新家第一夜

在布歐來到家的第二天，我就把他的小窩拿回寵物店給退了。我跟店員說，他根本沒有在窩裡待著超過三十秒。

第一個晚上，我把小窩準備好，就進房間睡覺了。我還沒有想好能不能讓他進房，甚至到床上來睡。其實以前我和妹妹也是睡在一起，妹妹一直都是睡在我的枕頭上，所以我完全不抗拒和貓貓一起睡。但我還是希望先把規矩想好，再讓布歐知道。

所以第一天晚上，我還在樹立家長形象。而布歐也很乖，在我關門後，只輕輕叫了一分鐘，就沒有再聽到他的叫聲了。我一覺睡到天亮，便馬上出去查看他的情況。看看窩裡，沒有他的身影；然後沙發底，沒有；飯桌下，也沒有。找遍了全屋的角落，都沒有找到他，我愣在原地。明明所有的窗戶都已經關得嚴嚴實實，到底布歐去哪裡了？

當我看見我的紫羅蘭落葉，循着落葉找到窗台邊，就看見布歐可憐巴巴地窩在窗簾布裡。那盆紫羅蘭是我細心養育了很長時間的，但是在那一刻我卻一點也沒有生氣，心裡想的是：謝謝上天，他沒有掉到哪個不知名的黑洞裡。這個小朋友竟然還挺聰明，找到了適合自己睡覺的地方。

後來朋友們都說我，這是「慈母多敗兒」的開始，我也認了。因為第二晚睡覺的時候，我的臥室大門已經打開，而我也把小小的布歐抱到床上，放在了我另一個枕頭上面。

我的床算是比較高，也不像沙發那樣有布料可以讓他借力，怕他想跳上來時會摔到，弄傷自己。

　　而布歐也絲毫沒有見外。我半夜醒來，他已經捲在我的頭上，睡得很沉。

　　從此之後，這就是我們兩個的固定睡姿。

豬仔身邊總是有彩虹。

05.
豬仔說，讓我吃！

　　布偶貓這個品種比較容易有腸胃問題，所以很多人會形容布偶貓是玻璃胃，稍有不注意，攝取的食物不對，便馬上會拉稀。

記得布歐小時候常常放屁。

　　那時每天到我的用餐時間，他都盡力掙扎，要爬到桌面上吃我的食物，那當然是被禁止的。我觀察到，給他的肉乾乾糧混合糧每天都吃不完，於是只覺得是布歐很貪食，並沒有多想。

慢慢地，他還是持續對我的食物保持高度興趣，又不太吃自己的貓糧。我尋思著，是不是貓糧有什麼問題，便前往另一家舊式寵物店去問問意見。

　　把這個情況跟店主說完之後，店主的回覆是，年幼小貓可能未必適合吃肉乾，所以他應該是沒吃飽，才會對人的食物味道感興趣。我才發現，原來他這些天的貪食表現，都是因為貓糧不對，他沒有吃飽飯所致。媽咪感到很慚愧，於是馬上買了傳統的幼貓貓糧換上，布歐立即食慾大振，謎題迎刃而解。

06.
掉進了馬桶

貓糧問題剛剛解決，我還是需要很注意布歐的狀態。我不想他因外來因素引致應激，又刺激到腸胃，因此暫時不考慮帶他外出。

所以，本應帶布歐去打的第三針預防針，也跟醫院約在了一個月之後; 而我也決定了，他的第一次洗澡安排在去完醫院回來才進行，免得要再洗一次。這意味着，接下來一個月，我都只能在家自己幫他擦拭身體。

只要布歐沒有把便便沾在身上，那我還是容許他跟我一起睡的。

我連上門洗澡的師傅也打聽好了。這位師傅是我的髮型師介紹的，多年來師傅都上門為他的愛貓洗澡，以減少貓咪外出時的不適。師傅很忙碌，剛好時間也約在了看完醫生之後。

正當我覺得一切安排都完美時，上天給了我一個考驗。

某天上午，我正在廳裡打掃，突然聽到某處傳來虛弱的貓叫聲。聲音很慌張，原來是從浴室傳來。我忙步進查看，卻完全看不見布歐的身影。疑惑之際，我便看見馬桶深處，有一隻小小的腦袋正在探望，並奮力掙扎著想要爬出馬桶。

可是因為馬桶壁太滑，所以無論怎樣努力，布歐也只能待在原地，在水洞裡撲騰。

我二話不說，馬上把布歐從馬桶裡拎出來。他倒是沒事，感覺還想再玩一次，只是這濕答答的身體，全都是馬桶水，該如何安放好呢？必須要馬上處理。

當下我感到六神無主，於是馬上打給洗澡的師傅碰碰運氣，看他是否能夠來幫忙。否則的話，我也只好親自上陣了。

其實之所以猶豫是不是要親自給布歐洗澡，也是因為害怕自己已經太生疏了，不會洗，又很怕弄傷他。

幸運的是，師傅竟然剛剛好有空！他聽到布歐掉進了馬桶，便馬上答應兩小時內來到我家，實在感激不盡。

於是，掉進馬桶的布歐，進行了他人生的第一次洗白白。

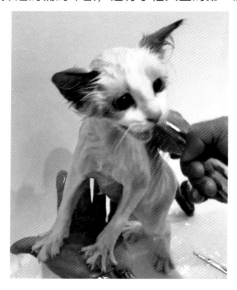

07.
有自己的帳號了，請多多關注！

　　「豬仔」這個名字，其實也是像「布歐」一樣，突然間就出現了。

　　也算是好事，證明他來到家裡之後，真的一天比一天白白胖胖，也一天比一天要更加活力。

　　我本來是叫他「歐仔」，然後開始叫他「歐豬」，再後來，就直接叫了「豬仔」。

　　我的朋友也開始學我一樣，叫他「豬仔」，這個名字最親切。

　　我為他開設了 IG 賬戶，想來想去，究竟應該用哪個名字？最後決定，把所有稱呼都結合起來，就叫「布歐豬」吧。

@MAJINBUUDIARY

08.
媽咪成了緊張大師

第一次洗澡後沒多久，豬仔就迎來了他的第三針疫苗。

因為之前都是演員朋友在家自己給他打的，所以這次算是他第一次上醫院。

恰巧在去醫院前兩天，豬仔的玻璃胃又發作，開始排泄流質物體，媽咪則毫不例外地大為緊張，不斷向醫生問東問西，還把他從早到晚的生活細節通通跟醫生說一遍。

醫生和護士都覺得我很好笑，只是開了一些普通的腸胃藥給我，讓我回家觀察一下。

回到家後，我真的把豬仔從早到晚的舉動記錄下來，包括食了多少份量的貓糧、排泄物的形態、以及有沒有打噴嚏等等。

我在網上看到，貓咪一天打一至兩個噴嚏，屬於正常現象，有可能是因為鼻敏感或者是正常排毛行為；但若果打噴嚏次數過多，甚至出現精神萎靡、食慾不振的現象，則有可能是感冒了，更嚴重

者還可能是貓傳腹的表征，治療不及時是可能會致命的。

今天回看當時的我，確實是太緊張，要知道一個人過份緊張，就會把在網上看到的負面元素無限放大。

那時我很嚴格地為豬仔數著打噴嚏的次數。如果他打了那天的第三個噴嚏，我便馬上抱着他飛奔到醫院，讓醫生非常滴汗。

醫生告訴我不要成為緊張大師，有時就算寵物真的感冒了，他也會有自愈能力，太過緊張反而會適得其反。

聽到醫生的說法，我當然放心很多，但我還是決定，只要時間允許，我希望能每天詳細記錄豬仔的狀態。我寧願成為一個緊張的媽咪，也不願豬仔冒一丁點風險。

09.
講究的一日三餐

豬仔的飲食也被慢慢確定下來。

他一天會有三餐。第一餐，起床後要餵他食濕糧罐罐；然後就放長糧給他，方便我外出工作時，豬仔也可以補充食物，算是第二餐；晚上我回到家，就會讓他享用水煮雞胸肉，但不是原條進食，而是需要我把雞胸肉撕成一條一條長條狀，讓他可以方便咀嚼。

這個餐單維持到今天，也在繼續穩定地進行。

至於我為什麼要這樣餵雞肉，是因為他小時候腸胃不好。我希望他可以補充更多營養之餘，也能慢慢進食，好好消化。

豬仔也養成了習慣。所以來到現在，我即使約了朋友晚飯聚餐，也會跟他們說，我需要先回家餵豬。

朋友們都會覺得奇怪，貓也需要主人親自在場才能進食嗎？直到他們知道真相後，便取笑我，說我寵壞他，只能每晚手撕雞伺候。

但我還挺樂意的。

媽咪：　我的寶貝 寶貝
　　　　給你一點甜甜
　　　　讓你今夜都好眠

10.
第一次獨自在家

豬仔來到家裡後，我第一次需要離開他比較長的時間，便是在一九年除夕。這個旅程總共三天，是決定要養豬仔前就定好了的，和朋友們到泰國去旅行過新年。

我找了一個鐘點姐姐上門，每天在固定時間來餵豬仔，換貓糧，以及清潔他的貓砂盆，再逗留一會陪他玩玩。

我讓姐姐每次來到都錄一段豬仔的短片給我看。當時家裡也沒有安裝攝像頭，所以每天看豬仔的途徑就是通過姐姐。那時我和豬仔才相處了一個多月，當然會有一點不放心，可當時我還沒找到平衡出門和照顧他的好辦法，也只能暫時這樣處理。

姐姐每天發來的短片中，豬仔都很黏人，圍在姐姐身邊不停地喵喵叫，要向她討零食。我看着豬仔依然保持活力，心裡好過了一點。

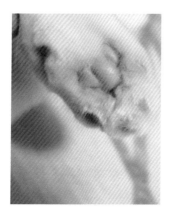

旅程的最後一天，我要去到夜晚差不多半夜時分才能到家。

由於那天我已經可以在到步後親自處理豬仔的餵食和清潔，所以便沒有讓姐姐上門。

我還很清晰記得，當時一步出電梯口，便聽見家裡傳來淒涼的叫聲，像是小朋友在哭着找媽媽一樣。我頓時紅了眼框，非常心痛。

開門後，豬仔扯着喉嚨大聲地叫了好一會，難以想像這聲音是從他幼小的身軀內發出的。他一定是在控訴媽咪為什麼丟下他一人這麼多天。

而我到家後才發現，姐姐應該這幾天臨走時都沒有給他留燈，家裡一片漆黑。

因我出門時開了燈給豬仔，以為姐姐會明白我的用意，便沒有特別交代，一定要在離開家時把燈亮著。

一個小朋友在黑漆漆的環境內渡過了三個夜晚，肯定很害怕。我坐在地上抱着豬仔，跟他道歉，並答應他，以後媽咪如果有事要離開家，一定會讓家裡有人照顧豬仔，而且也一定會給豬仔留燈。

幸好這隻豬真的很乖，便便也沒有拉得到處都是。我見他貓砂盆裡有幾次使用的痕跡，雖然臭臭，但代表着他胃口很正常。

我馬上為他添上貓糧，並解凍了雞胸肉餵他，隨後更為他清洗了貓砂盆，換上新的貓砂。勤勤快快，以作贖罪。

幸好豬仔非常大方，轉眼便忘記了剛才的不快，和我開心玩鬧起來。雖然和豬仔相處的時間不算長，但我已經感覺到他是一隻非常樂觀的小貓，心態也很好，非常慷慨，從不吝嗇對我的倚賴和愛。

豬仔：不能獨留小朋友在家！

媽咪：假裝配合一下可以嗎？

11.
要搬家了 ......

在還沒有養豬仔時，我已經開始考慮搬家這件事，原因是經濟壓力。

所以從泰國回來後，我也有四處去看看租盤。機緣巧合之下，我在網上看到了一個位於太平道上的單位，只比我當時住的地方小一點，但當然樓齡比較高。

當時臨近農曆新年，我沒有太多時間去思考，也覺得太平道那個單位不錯，於是很快就做了搬家的決定。選擇這新住處的其中一個主要原因，因為太平道是出名的寵物街，住處樓下滿佈寵物用品店，還有寵物友善咖啡店。當時決定要領養豬仔，也是在太平道旁的寵物店內發生，還算挺有緣份。

可縱使這個新的小家很不錯，我在下搬家這個決定時還是非常難過。

因為要遷出豬仔來到的第一個家，也是我自己搬出來租的第一個地方，對我來說很有意義，也很有感情。

沒想到住了不到兩年的時間，便因負荷太重而要搬走，感覺很挫敗，算是一次打擊。

但無可否認，豬仔的陪伴讓比較悲觀的我能夠迅速回血，沒有過多地沉溺於負面情緒中。

否則的話，我真的不敢保證，在那場大家都始料不及的疫症來臨前，我究竟能不能夠安置好搬家這件事。

事實上搬到新家沒多久，便到了農曆新年。待我收拾好家裡後的幾天，恐怖的疫症便席捲全球。

只能說上天對我和豬仔都不薄，能讓我們在瘟疫來臨之前，躲進一個溫馨的居所，並安然渡過了最不容易的一段時光。

我愛我的第一個家，它就像夢一樣美好。但我更愛太平道的家，因為身邊有最愛的人陪伴，世界變成怎樣，似乎也不是很重要。

12.
緩解焦慮的煲水聲

不知道大家有沒有聽過一個說法，就是貓貓「咕咕」煲水聲的頻率，是可以有效治愈心臟病的。

我並沒有去考究與查證更多資料，但是自從豬仔來到我身邊，每天晚上我都是聽着他的煲水聲漸漸進入夢鄉，確是感到非常安穩。

自從工作後，我有過一段很長的時間，每天不到凌晨三四點也難以入睡，滿腦子都是工作的事。明明知道這樣很不好，可是一到夜晚十點左右，就會覺得今天有很多事沒做完，又把電腦重新打開。這也許是都市人常見的焦慮吧。

而豬仔是一隻很有規律的貓貓，他養成了自己的一套習慣後，就不會輕易改變。

例如，早上八點要吃早餐，一定要吃濕糧罐頭；例如，他一定是在我要開始用餐的時候，才去貓砂盆上大號；又例如，他會在夜晚一個固定的時間，就叫喚我到睡房準備睡覺。

如果我在弄其他事情而遲遲沒有進入睡房，他就會坐在角落，像鬼魅一般凝視着我；他也會發出很多怪聲，讓我意識到自己忽略了他。

豬仔絕對不會丟下我，自己一個先去睡。

　　如果我真的需要趕稿，那我坐在電腦前，他就會睡在離我最近的地方，例如鍵盤上面。很多時候我打字，需要不斷移開他的尾巴或手仔腳仔，會拖慢了進度。但是，有一隻可愛的小朋友一直在等我，也非常幸福啊。

　　到我工作完，已經躺到床上，他會先進睡房巡視一圈，確定我已經就位，然後再到廳裡吃兩口貓糧作宵夜，才會進房來，跳到枕頭上，捲着我的頭髮入睡。

　　這樣一來，我知道豬仔會等我，所以也盡量改正了拖延的毛病。

　　沒有工作的時候，我也希望可以每天都保持一個規律的睡覺時間，這樣也能讓豬仔的生物鐘更加正常健康。

　　有一天，我已經朦朦朧朧，快將入睡，豬仔的煲水聲音也漸漸平緩下來。我突然睜開眼睛，想到一件事。如果他的頻率在治愈着我，那意味着我們二人的頻率是有交織，並且互相影響的。

　　那就是說，如果我心情不好，豬仔也會感受到我負面的頻率，那會不會影響到他呢？豬仔總是在給我加正分，媽咪也不能夠一味地索取，我要讓自己開心起來，要多多有積極的想法才好。

　　及此，豬仔又再為我上了一堂很好的心理輔導課。

　　無論我們的頻率有沒有互相影響，我也決定，要為豬仔變得開心積極起來。

13.
難以控制的蠻荒之力

當然，豬仔也有頑皮的一面，他始終也是一個小男生。

豬仔最讓我頭痛的其中一件事，大概是他對於力度的掌握有點失控。這件事我也有責任。

他回來時只有兩個月大，當時與他玩耍，無論怎樣用力也一點不覺得痛，始終他的體格很小，指甲亦還是很柔軟。於是我任由他如何胡鬧，也沒有喝止。

但情況隨着豬仔漸漸長大而失控，我開始感受到當他太興奮抓住我的手臂時，手上皮膚會因為他指甲刮過而留下深深的紅印，有時甚至還會些微出血。

對了，忘記補充一點，豬仔前主人那位演員朋友說，剛開始選給我的兩隻貓貓，一隻比較活潑，一隻比較文靜，豬仔竟然是比較文靜的那一隻。

難以想像如果是活潑的那一隻來到家裡，會把家拆成什麼樣子。

豬仔快一歲時，他的力氣已經非常大，我和他玩搶毛巾的遊戲，是絕對搶不過他的。

　　而且這個歲數的貓咪，正值最貪玩的時候。他每天吃完飯後，真的像一個小朋友一樣需要放電，會在家內瘋狂奔跑。如果我忽略了他，他就會用手勾住我的衣服，勾出一個個洞，令我非常苦惱。以前養妹妹，始終女孩子比較斯文，我並沒有遇到過這種情景。

　　這次跟豬仔相處，我覺得自己在一開始沒有處理得太好，沒有好好教育他要控制力度。我也不應該在每一次他要求玩樂時，都馬上滿足他，因為當時手邊可能也沒有適合的工具或玩具，就用手去逗他玩。

　　當我意識到這一點，便馬上去購買了幾款逗貓棒，以供他放電使用，也告誡自己千萬不能再用手逗他玩了。

　　有時臨睡之前，貓咪在床上也會想玩一會，他們尤其對被子下移動著的物體充滿迷思和好奇。這個時候千萬不要貪圖方便，用手在被子下面逗貓咪。時間長了，貓咪就會認為，你默認了你的雙手是他可以攻擊的對象。

　　請多多使用逗貓棒。而我也狠下心來，如果豬仔真的再襲擊我的手腳，我便會大聲喝止他。

　　以前我只會輕輕打他的小腿作為懲罰，可是這個動作也許會讓他更加誤會，我是在跟他互動。大聲地說「No！」，豬仔聽得懂，大力抓我的次數也漸漸減少。

14.
撿到一顆幸運牙齒

沒有工作的日子，豬仔成為了我賴床的原因。

一睜開眼，便看見這隻豬睜着圓咕嚕的大眼睛望着我，然後他又會想盡辦法，鑽進被窩裡繼續煲水，讓人不忍心離開床鋪。

有一段時間，豬仔養成了睡醒不久就暴走的習慣。

他會從床頭飛奔到床尾，只用 0.5 秒，然後再像火箭一般撲到床頭，如此重複一千次。

正當看著他樂此不疲地往返時，我手指突然觸摸到床上有一粒小東西。我以為是石頭，不知怎樣被沾到了被單上，摸出來一看，竟是一粒白色的尖銳物體。

再定睛一看，我馬上意識到這是豬仔的牙齒。

這是我生平第一次看見貓咪掉落的牙齒，以前從沒有想到過貓咪換牙這件事。

我兩隻手指小心翼翼地捏着牙齒，想着該如何處理。

我有點怕豬仔是因為撞到某處而牙齒脫落，如果是的話會影響進食嗎？但他看上去並沒有異樣。

於是我到網上搜索「貓咪換牙」的資訊。原來貓咪在一歲前便會陸續換上新的牙齒，而這批牙齒像人的一樣，會用到年老。

有的牙齒在掉落過程中，會被貓咪吞到肚子裡，又或者掉到家裡其他角落而被忽略。所以，主人並不是一定能見到脫落的牙齒。

如果見到的話，就是一個幸運的象徵！

我馬上找來小盒子存起豬仔的牙齒。小時候我換牙，也會用一個小盒子儲起自己的牙齒。後來很多很多年，我也沒有再打開那個盒子。可如果是豬仔的牙齒，我會很願意集齊一套。

後來，我沒有再揀到豬仔別的牙齒了。不過這隻唯一的，便被好好保存了起來。

15.
寵物傳心師

平時自問和豬仔也算是心意相通。不是有一句說話叫做，「你搖一搖尾巴，我就知道你想幹什麼嗎」？雖然這句話是用來形容人的，但是用在我和豬仔身上，顯然調換了過來。

貓咪的尾巴有傳達訊息的作用。例如，尾巴高高舉起的時候，表示他心情很好；如果尾巴捲着自己的身體，那可能是正在休息，不想被打擾。

我也努力營造一個安逸的環境給他，讓他沒有太多的投訴產生。

有一天，我和一個朋友聊著養貓的事，朋友突然問我，有沒有聽過「寵物傳心師」這個職業。我好像隱約記得，以前在新聞節目裡看到過，而當時看到的報道內容似乎還是關於騙案。所以在我印象中，對這件事並沒有太多好感。

這位朋友反而非常推薦地，跟我分享了他找「寵物傳心師」服務的過程。他說前段時間，與伴侶分開了。伴侶來的時候帶著一隻貓貓，與他自己的其他貓相處在一起。後來伴侶離開，並沒有把帶來的貓貓一併領走。那隻貓貓開始一蹶不振，覺得被自己的親人拋棄，終日悶悶不樂。朋友怎麼安慰討好，都無補於事，貓貓還開始生病。

朋友束手無策，最後只好找「寵物傳心師」來幫忙傳話。朋友告訴貓貓，無論如何，他也不會丟下貓貓自己一個，會一直留在貓貓身邊，給它全部的愛。

最後，貓貓竟然不藥而愈，迅速好了起來，傳心似乎真的奏效！

朋友還說，這個「寵物傳心師」不是為了賺錢，因她收費很便宜，而且每次做完個案，都會用一大半的收入去買罐罐，代客戶去餵流浪貓，也算是做了善事。

聽了朋友的說法，我頓時起了好奇心。

我認為自己和豬仔之間並沒有什麼迫切的問題需要解決，但是萬一他有些話想告訴我，而我並沒有完全接收到，那麼我是不是有空間可以再做好一點點？

而且，雖然我也相信豬仔完全感受到媽咪的愛，但我還是很希望能夠用他的語言跟他說，媽咪因為豬仔的到來而變得幸福。

於是，我決定試一試這位「寵物傳心師」。

所需要的資料並不多，她只需要一張豬仔的近照和他的名字即可。傳心師告訴我，她的時間表已經排滿了，需要等一個月之後才能為我和豬仔傳心，讓我先把想要對豬仔說的話和問題告訴她。

由於我並沒有什麼特別問題，所以只問一些簡單的，例如有沒有什麼話想對媽咪說？身體有沒有不舒服的地方？對現在的居住環境有沒有什麼意見啊？聽起來像很不熟的朋友。

最後我拜託傳心師告訴豬仔，這輩子，他只需要好好玩樂，享受生活，乖乖地待在媽咪身邊不要亂跑，開開心心過每一天就可以。媽咪負責出去打獵養家，他就負責貌美如花。謝謝豬仔的到來，讓媽咪很快樂。

把這些信息給了傳心師後，我便把這事情放下，還一度忘記了這回事。

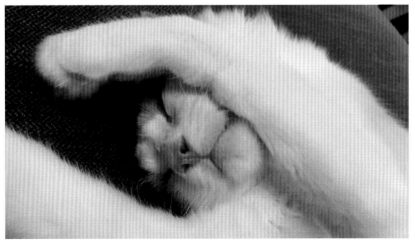

一天，突然收到傳心師的訊息，說已經和豬仔溝通好了，現在把豬仔的回應告訴我。

我大為好奇，因為那幾天我都跟豬仔待在一起，傳心師是什麼時候溝通的？又有否看見什麼？幸好這位傳心師是女生，而且應該也是心靈交流，不會實質看到點什麼吧。

很快，傳心師給我錄了一大段話，我帶着緊張的心情打開了錄音。

錄音的一開始，只聽見傳心師用緩緩的溫柔語氣說：

「首先，我看見眼前有一個白色的飲水機，豬仔正在飲水，他看着眼前的水，咕嚕咕嚕地從水機中間的洞洞冒出來。」我聽到這句，已經頭皮發麻，這正正是家裡豬仔飲水機的模樣。這個也可能是巧合，可能是傳心師猜對的？那她也算十分大膽，如果我用的是傳統飲水碗，那接下來整段對話就不成立了。姑且再聽聽她說什麼。

傳心師說：「豬仔說很喜歡媽咪。媽咪的頭髮很柔軟，他常常會在媽咪肩膊上玩耍，會用手抓住媽咪的頭髮，有時也會咬一下。」

確實如此，豬仔很小的時候已經養成爬上我肩膊的習慣。

接下來便是一大段豬仔對媽咪說的話：「豬仔說，在這個家他感到很開心很幸福，也完全知道媽咪很愛豬仔。雖然豬仔自己也知道，曾經他不是很懂得控制力度，有時跟媽咪玩，會不小心抓傷了媽咪，讓她生氣，這也讓豬仔感到很苦惱。他嘗試去改正，也覺得自己有做得越來越好，希望不要再讓媽咪受傷」。

我聽了這段話，暖意冒上心頭。想起之前不小心被豬仔抓傷時曾大聲喝叱他，雖然這是正確的做法，但聽完小朋友的自白，還是會覺得自己太兇了。

豬仔還說：「沒有覺得自己有什麼地方不舒服，尤其是開始長大後，覺得自己變得更加有力，心情也越來越好」。

豬仔說：「喜歡看窗外的景色，可以在窗前坐一整天。喜歡看着街道上的人來人往和汽車，覺得很有趣。在家裡很安靜，如果外出也不錯，但是前提要有媽咪陪着」。

十分甜蜜。

傳心師替我問了一個問題：「如果有一天媽咪會養一隻新的貓咪，你會同意嗎？」。

豬仔聽了這個問題，覺得很困惑，他的頭歪向一邊，像是思考着。傳心師見他沒有反應，又再問了一次豬仔，他依然覺得很困惑。

豬仔問：「什麼叫做新的貓咪？」，傳心師向他解釋說：「就是一隻和你一樣的小朋友。如果媽咪以後會養另一個小朋友，和你一起生活，但是對你的愛並不會減少，這樣你會同意嗎？」。

豬仔再次歪着頭思考。過了一會，他問傳心師：「那為什麼要再養一個和我一樣的小朋友？有我一個不是已經很好了嗎？我只想愛媽咪一個，也希望媽咪像我一樣，只愛我一個」。

我全身像通了電一樣，雞皮疙瘩都起了。這隻小東西到底是從哪裡學來的花言巧語？而我竟然很受用。豬仔在這個問題的最後補充：「但如果媽咪感到開心，我便沒有所謂。我想要媽咪開心」。充滿智慧的回答，沒有任何女人可以抗拒。

傳心師又問：「喜歡現在的家嗎？媽咪還有什麼可以為豬仔做的？」

豬仔說：「這裡很好，有媽咪的地方就覺得很安全。但是因為豬仔很喜歡看風景，所以如果以後要去另一個家，希望可以有一扇很大的落地玻璃窗」。

我笑了出來，好的，媽咪會努力。

豬仔說：「覺得自己是一隻健康，脾氣很好，也很樂觀的貓咪。覺得自己很善良，就像媽咪一樣。」聽完，我哭了。

我一直覺得自己很容易脆弱，特別是在家裡的時候。我會把外面承受的東西帶回家中，再自己一個用眼淚發洩出來。

之前有說過，我很不希望把這些負能量傳給豬仔，確實回到家能抱住豬仔，我便會好很多，但我還是擔心他會感受到我負面的情緒。

想不到今天聽到小朋友說，覺得媽咪是一個很樂觀很善良的人。

以後，希望在他眼中，還有在現實中，媽咪也能做得到。媽咪願意為豬仔成為一個這樣的人。

最後，傳心師把我要對豬仔說的話，跟他說了。傳心師說，豬仔一邊聽，一邊在咕咕煲水，應該也是很快樂。

我以豬仔為靈感，給家人、朋友設計了頭像。

每一個頭像也確有其人喔!

16.
豬仔：給我安靜一下！

搬到新家後我有了一個決定，重新開始學鋼琴。

我很小的時候，是小到三四歲的程度，曾經學過一段時間鋼琴。後來當然是荒廢了。但其實我一直都很想再拾起這件事，於是趁着一大段沒有工作的時間，買了一部新琴，開始練習起來。

參與這件事的除了我，還有我的小小聽眾。可漸漸地，我發現這位聽眾並不是很樂意。

每次我開始練習不久，他便會不斷發出怪叫。有幾次我想用手機把自己練習的片段錄下來，發給老師檢查，都被他的怪叫終止。

一開始我還會抱歉地問，是不是媽咪彈得太難聽了？

可是後來我發覺，他不只針對我彈琴！如果我在家裡唱歌，只要超過三句，他也會發出怪叫警告。

我狐疑地望着他，媽咪唱歌那麼難聽嗎？

　　我不能肯定，豬仔是不喜歡音樂，還是不喜歡我演繹的音樂，因為老師彈奏的時候，他並沒有這些表現。但他是一隻很有禮貌的貓，可能只是不想打擾客人的雅興。

　　不服輸的我勢要測試一下，究竟是我的問題，還是豬仔對某些頻率就是非常不感冒。

　　後來我用音箱播放了其他專業歌手的歌，發覺只要去到一個音量，豬仔就會大力投訴。

　　原來他是一隻不喜歡聽音樂的貓。大概只有我鋼琴老師的專業演奏才能折服他吧。

17.
為了長壽決定一年洗一次澡

　　閑來無事上網的時候，在社交媒體看見講貓貓的內容，便會情不自禁地給讚。慢慢地，網絡會自動推薦給我越來越多關於貓貓的帖子。

　　一天，我讀到一篇推薦文章，是關於香港最長壽貓咪的訪問。關於貓咪的壽命，不同品種的貓有平均年齡參考，在十歲至十五六歲之間。如果能去到二十歲，已經算是相當高壽了。

　　我們每一位都很希望，主子可以陪伴我們走很長的一段路，能陪我們到老。這是一個美好的願望，所以當看見任何能夠參考的資訊時，還是會第一時間看看別人的分享，想知道到底是如何做到的。

　　那篇文章裡的高壽貓貓，在接受訪問時已經二十八歲。他的主人分享了一些日常照料的習慣，例如少吃多餐，給貓貓多喝水，水碗會在家裡放很多個，主打就是一個走到哪喝到哪；另一個很打動我的建議，便是這位主人說，讓貓貓保持心情愉快，也是很重要的秘訣。

　　因為跟人一樣，他有好的情緒，健康狀況也會隨之越來越好。所以貓貓的習慣，也應該由他自由發展，不要太過勉強。

如果你的貓貓不喜歡洗澡，就不要強迫他。貓貓有自我清潔的習慣，尤其是家貓，即使不洗澡也是能保持衛生的。

讀到這裡，我看著在我面前舔毛舔得樂此不疲的豬仔，不禁思考起這個問題。

我很記得，妹妹臨走前，我有為她洗過一次澡。印象中那次她很乖，沒有像平時那樣不斷掙扎，不知道是因為已經很不舒服了，還是希望這次能夠乖乖地配合媽咪，最後一次。

一想及此，我的心便會揪起。有時一些需求，可能是主人比較想要，而並不是貓貓真正需要的吧。

在豬仔小時候，關於洗澡一事，我只考慮希望他不要因為外出而有應激發生。但見他長大後，面對洗澡這件事還是一點也享受不起來，會不斷慘叫。而每一次洗完之後，他都要睡很久來回復精力，證明在洗澡的時候他的確是拼命抵抗啊。

如果這件事有可能增加豬仔的健康風險，那我當然不要做。

但一直不洗澡也是比較極端，所以我決定，以後每年過年的時候送他去洗澡，就當是大掃除吧！平時留給豬仔自己打理就好。

最多在他外出回家時，媽咪用濕紙巾幫豬仔擦拭身體和手腳。畢竟他要睡在我的頭上，可不能帶著小生物回家喔。

豬仔：誰要我洗澡？！

豬仔：我自己洗就可以了！

18.
成為一隻布偶狗

不能每天出門的日子，我已習慣了和豬仔待在一起。

我本來也是一個很宅的人，這種性格真的適合養貓。不過漸漸地，我發現豬仔是會有想外出的傾向的。

之前我曾經帶過他到街上購買日常用品，或者到樓下和朋友喝杯咖啡，我覺得他也並沒有很害怕，反而是會很好奇地到處張望。

唯獨當豬仔遇到其他貓貓，特別是貓妹妹時，他就會馬上飛機耳。豬仔反而喜歡跟狗狗一起玩，貼近狗狗時，他會使勁聞別人身上的味道，難道他誤會了自己也是一隻狗狗嗎？

當豬仔的世界只在自己的小背包裡，而媽咪背着他像袋鼠一樣帶他周圍散步，縱使在大街上，我也能聽見他的煲水聲。

有一段時間，我發現他開始坐在家門前，時不時用手扒門。

在我很小的時候，家裡有養過狗狗，我一直覺得狗狗才會這樣做啊！

原來我養了一隻布偶狗。

其實布偶這個品種的貓，除了出名玻璃胃之外，也是以外向嬌嗲的性格見稱，所以的確有布偶狗的稱號。

我決定測試一下豬仔喜歡外出的程度。

疫情時期，沒有太多地方可以選擇，我開車帶着豬仔周圍去兜風，最後到郊野公園，再放他出來走走。

豬仔則全程興奮，他前腳站在我駕駛座和乘客座中間的手墊上，就像掌舵的水手一樣，威風凜凜。看風景看累了，他便到後座捲起休息，非常愜意。

到了郊野公園，我把豬仔放出來，也為他佩戴了貓綁帶。

貓貓外出時，除了貓袋之外，貓綁帶也必不可少。豬仔一開始還有點緊張，爬到了我的肩膊上。我背着他走了一回，他便放鬆下來。

去到一片草地，他跳到地上，到處嗅嗅，竟然在草地上打起滾來。

果然是一只布偶狗。看來媽咪比豬仔要宅得多，以後應該要多遛遛他。

19.
下班見到豬仔，一天的疲倦消失了

在世界停止擺動的時光里，我發現自己並沒有太多念想。

以前真的會因為沒有工作而感到焦慮，每天一個人在家就胡思亂想，而且當看到社交媒體，周圍的朋友都在忙碌，過得很充實時，我就會覺得自己很浪費時間，覺得沮喪。

但這種心情，自從豬仔來到我身邊後，真的再也沒有出現過。我想，我已經找到了除了工作之外的生活意義。

豬仔讓我學懂了享受當下，即使當下很安靜，沒有事情發生，也可以靜靜感受暖暖的陽光，聽着時鐘滴答滴答的聲音，好好地看一個下午的書，認真品嚐一杯咖啡，也很有意思。

不一定要作為些什麼，不一定要拼命向前跑，留在豬仔身邊就挺好。

很久以前聽過一個能量守恆定律，當然並不是指那個正規的物理定義啦。而是說，當一個人太過強求一件事，這件事反而就不會出現；但當你放下，任由天地安排，那屬於你生命中的事件就會開始啟動。

可能豬仔正是啟動這些事件的鑰匙。

我沒有像之前那樣每天只是等待，而是在空閒的時候，好好打理自己的生活。

　　大概連磁場也變得正向了吧。到了年中，我便接到了兩套劇集的邀約，生活一下子又變得忙碌起來。

　　這意味着，在接下來的半年，我的生活作息會有一個極大的變化，可能會晚出早歸，每天待在家的時間也只不過是睡眠的那四五個小時。

　　這個運作模式，我之前也試過，但那個時候並沒有養貓，自己一個人怎樣過也可以。

　　我覺得在開始工作前，必須要跟豬仔說好，否則他又會覺得自己被媽咪遺棄在家中。為了以防拍攝太忙，而疏忽了照顧豬仔的起居飲食，我也提前跟家人好友說好，請他們有空就過來幫忙照顧豬仔。

開工前一天，我跟豬仔談了很久的心，主要是說說媽咪的工作內容，以及接下來會出門的時間等等。

我說，不止外出時間長喔，而且媽咪回到家後，可能洗完澡倒頭就睡了，沒有時間跟豬仔玩。豬仔要自己在家，記得餓了就吃，累了就睡，不要等媽咪門，這樣媽咪才放心。

豬仔似乎用心聽着我講的話，用圓咕嚕的大眼睛看着我，然後他輕輕咬了一下我的手，好像有點生氣，似乎在說，雖然不想媽咪走，但是也沒辦法，豬仔會在家乖乖等媽咪回來。

和他談完心，我也算是能安心地去工作了。

工作的時長，果然如我所料，我開始過上了日夜顛倒，每天只睡三四個小時的生活。當然，在做自己喜歡的事，是很快樂的，雖然心裡總是掛念着家裡的小朋友。

中間一段時間，家人在幫我照看豬仔。

一天下班，家人帶着豬仔來接我。看到豬仔的一刻，我馬上一洗疲倦，在停車場不停地跟他拍照，忘記了自己只有幾小時的睡眠時間。

為了給豬仔買罐罐大城堡，媽咪拼了！

20.
躲過了成為公公這件事

　　為了貓咪的健康，奴才們如果沒有為他們作繁殖打算的話，都會選擇在適齡的時候，去為貓咪做絕育手術。

　　豬仔快要一歲時，我帶過他去諮詢醫生。當時豬仔有點感冒，還有點拉肚子。醫生建議先抽血，然後等感冒清了再來做絕育手術。

　　過了幾天，我收到診所電話，他們說發現豬仔的肝指數有點高，不知道是不是因為感冒導致，還是其他原因，建議可以先吃一個療程的感冒藥，等感冒完全好了之後再去檢查一次。

　　豬仔很不喜歡上醫院，這是當然的，應該沒有哪個小朋友喜歡吧，再加上我那段時間也還在拍攝，我問醫生，如果再過兩三個月才過來檢查，一切妥當了再做絕育，會不會太遲？

　　醫生說沒有問題，只要在兩歲前完成絕育，都是很合理的時間。於是我決定，等拍攝完畢，也等豬仔淡忘了這次去醫院的經歷後，再帶他去吧。

兩三個月後，我觀察到豬仔的狀況不錯，感冒也徹底清了，能吃能睡，便便也很健康，心想這次抽完血，應該就能直接進行手術了吧。

　　恰逢身邊有個朋友說，他有相熟的醫生可以推薦給我，但那個醫生在寵物界的「養和醫院」工作，便意味着價錢不會太便宜。

　　我覺得這是豬仔的人生大事，而且他一生也只會經歷一次，價錢不是我最大的考慮，反而是希望能夠找到最靠譜的醫生，這樣我才會放心。

　　於是在朋友介紹下，我把豬仔轉介到了「養和」進行檢查。初步檢查後，醫生也說如果抽完血沒什麼特別事項，他們便會直接進行絕育手術，那我過幾個小時再回來接他就可以；但如果有什麼突發事故，他們就會先給我打電話。

放下豬仔後，我便離開去染頭髮。

染髮膏塗到一半，我突然收到醫院電話。那一刻我的心漏跳了半拍，難道是出了什麼事？我馬上接聽，醫院那邊告訴我，豬仔抽完血，檢查報告指出，他的肝指數比起正常範圍高出了大約 20%（正常數值應該是 130 以下），如果打麻醉藥會有可能引致不明併發症的風險，所以建議先排除這個問題，再過來做絕育手術。

那便是意味着，上一次豬仔肝指數不好，並非感冒引致，而是有其他原因，需要好好處理一下。後來我仔細查問，豬仔這個情況不能劃分進肝病的類別，但是他那麼年輕已經有數值上的偏差，可能是先天原因造成，需要好好吃護肝的保養品來調理。

在這個情況下，絕育一事真的需要往後延遲了。但值得慶幸的是，也是因為需要做這項手術，我才會在豬仔那麼年輕時，就為他去做抽血的檢查（通常年輕貓貓體檢時不一定會有抽血項目），才會發現他先天的肝臟問題，算是不幸中的大幸，可以提早治療和預防惡化。

可是當時我看到醫院來電那一刻，確實嚇得魂飛魄散，以為是出了什麼其他意外，嚇得我馬上扒掉毛巾，頂著滿頭的染髮膏就要向外衝。

在我的催促下，髮型師幫我染好了頭髮，我便飛奔到醫院去接豬仔。

由於他們本來已經在為豬仔吊鹽水，所以他的小手被剃掉了一圈的毛，像隻赤裸的小羊羔手。

我看到他被剃毛的位置好像有點血塊，便馬上問護士情況。護士只說這是正常現象，因為豬仔掙扎，所以令毛細血管爆破了。

回家後，我仔細觀察，發現是他們剃毛的時候，弄破了豬仔的皮膚，導致流血了。我頓時感到很生氣。

雖然醫院對待驗血結果還是很謹慎的，但在剃毛吊水這件事上弄傷了小動物，還不承認，這個行為我很不認同。

看着豬仔可憐巴巴地入睡，他累壞了。我也決定，在排查好肝指數問題之前，真的不要再折騰他了。

也許豬仔在心裡偷偷樂著，畢竟暫時躲過了成為公公這件事。

豬仔：吃藥好辛苦 ......

21.
貓咪都是詩人

各位有養貓的朋友是不是都有試過，如果你前一天晚上工作完沒有合上筆記本電腦，那麼第二天早上，你的電腦文件上就會出現一篇新的文章。

貓咪都是詩人。

豬仔雖然不喜歡音樂，但我很肯定，他在文學方面有着極濃厚的興趣。

可能在貓的基因設定裡，電腦就是他的情敵。

為了與電腦對着幹，每一次只要我在桌上放好設備準備工作，豬仔就也會跳到桌上，將電腦附近的小東西撥到地面。當我俯身去揀東西的時候，他便會一屁股坐在了我的鍵盤上，不願再起來。

有好幾次豬仔把我寫了半天的文章刪掉，幸好電腦有自動備份功能。我給豬仔面子，放下工作陪他到一邊玩一會，好不容易把他的電放光，把他哄睡了。但當我再次回到桌前準備工作，豬仔就又跳上來，整個癱倒在我電腦的後方。

這倒是沒有妨礙我打字啦，但是我的電腦螢幕便被豬仔擠成一個很難看到的角度。很多時候我需要彎着腰去看自己到底在打什麼。

　　有幾次，我的編劇小伙伴上來家裡開會，豬仔便像間諜一樣，不斷穿梭在我倆的身旁，更不時擺出很誘人的姿勢，直到吸引到我們的注意為止。

　　因為我的桌子本來就不大，當我們擺上兩台筆記本電腦後，電腦之間便只剩下一條很小的罅隙。不知道豬仔是怎麼做到的，他竟然鑽進那條縫中，務求緊貼我們的一舉一動。

　　我只可以理解為，豬仔覺得電腦很暖很舒服，又或者是，他真的很想參與媽咪的會議，為我們的劇本提供一些靈感。

22.
和豬仔露營去

　　不能外出旅遊的時光，大家少了很多消遣娛樂的方式，有一段時間，我的朋友們都迷上了露營，也邀請我一起加入。

　　我本身對露營沒有太大興趣，但是既然大家都興致勃勃，我也很希望參與群體活動。朋友們邀約的時間在除夕跨年那天，想說一班人可以一起渡過倒數時刻，迎接新年。

　　這個主意還算不錯，但如果我去了露營，豬仔豈不是要一個人在家渡過新年？於是我萌生了一個想法，要不我把豬仔一起帶上吧。

　　雖然香港的冬天並不會達到太低的溫度，但是這裡氣候濕潤，再加上我們去郊外，濕氣會更重，讓體感溫度下降更多。豬仔是很喜歡外出沒錯，但要在野外過夜，在一個陌生的帳篷中，加上低溫，他是否能夠適應得了呢？

　　我思前想後，在臨出發前也沒有決定好是否適合帶上豬仔。彼時，另一個朋友告訴我，他有一個便攜式的充電器，可供露營時使用。這個充電器，可以應援播放音樂、看電影等等，可以用上十幾個小時。

　　我靈機一動，想到了解決辦法。

我把充電器借了過來，但並不是用於娛樂大家，而是要給豬仔提供暖氣。我買了一個小型的暖風機，想說只要在帳篷內一直開着暖風機，那就等於營造了一間開了暖氣的小房間。豬仔只要在帳篷裡，便是一個室溫環境。

　　要是最後豬仔實在適應不了的話，畢竟我們都是開車前往露營地點的，那我就連夜把他送回家得了。

　　一切就緒，我期待著和豬仔有一個嶄新的跨年體驗。

出發了！

　　我帶上豬仔和露營用具，和大夥一起驅車前往露營地點。大家一起紮營生火，準備著我們的除夕晚餐。豬仔也很快適應，在一邊靜靜曬太陽。

　　入夜了，溫度開始迅速下降。我馬上拿出法寶：充電器加我的便攜式暖風機，把暖風機放到帳篷內安置好，再把豬仔放進去。豬仔很乖，他緩慢地眨着雙眼，像是在告訴我，他很好，讓我放心去玩，他待在暖氣房裡就可以。

　　我也放下心來，和朋友們一起享用了美味的晚餐。很快過去了兩個小時，我再次回到帳篷內，去查看豬仔的情況。

　　豬仔已經睡着，而帳篷裡的溫度也非常暖和。我很滿意自己的安排，打算再檢查一下充電器的電量後，便回去加入朋友們的派對。

　　一看之下，嚇了一大跳。我驚訝地發現，充電器居然只剩下幾個 percent 的電量。這意味着暖氣供應馬上要被中斷！

　　怎麼回事，我朋友不是說這充電器可供大家看電影聽音樂十幾個小時嗎？一個小小的暖風機應該可以用更久才對呀。

　　殊不知暖風機的功率，要比其他電器大得多！我拍著自己的腦袋，好一個電器白癡。怎麼辦呢？漫漫長夜，帳篷內的暖氣能頂得住嗎？

我已經打定主意，如果房內溫度下降太快，不適合豬仔再待著的話，我就馬上開車把他送回家。

當時已經臨近十二點，所以意味著，我們倆有可能要在路途上渡過倒數時刻。但我覺得沒關係，最重要保障小朋友不能感冒生病。

幸運的是，那天晚上的溫度沒有再下降，而帳篷內的暖氣也沒有流失太多。到了凌晨，我見豬仔在帳篷內依然能舒適自如地活動，便安心多了。

人生如此，很多時候難以預計。就算做了準備，事情也不一定會如你我所願。但是，有一顆隨機應變、隨遇而安的心，很多問題也能得到相應的解決。

我猜想豬仔應該還是會依循睡在我頭上的習慣，於是決定把我的頭頂變作暖爐，將所有的衣物圍在我頭部周圍，中間留下一個小窩，讓豬仔鑽進去睡，這樣我們就能互相取暖。

半夜醒來，我睜開眼看看豬仔，只見他緊緊捲成一團睡在小窩裡，但依然安穩。我挪挪位置，讓他貼在我的臉旁，就像在家裡一樣。我能感覺到他在我身邊時變得勇敢，我又何嘗不是。

跟豬仔相處，我會淺淺地明白作為媽媽的感受。原來「為母則剛」這回事，是因為你知道有一個生命完全依賴於你，信任於你。

有時候，為別人去變得強大，也是一件幸福的事。

一陣鳥叫聲傳來，我再次睜開眼。只見帳篷透着亮光，天亮了，新的一年開始了。我又和這隻小寶貝一起跨過了一段歲月，邁進新的旅程。

天亮後，氣溫回升不少。新年第一天的天氣非常好，我拉開帳篷的布料幕門，只見外面陽光普照，鳥語花香。

豬仔也睡醒了，在這相宜的溫度下愜意地伸着懶腰。

大家都起床後，我開始做早餐，把豬仔套上貓綁帶，拴在離我不遠的野餐椅上。

我看見豬仔開始觀察周圍的小生物，天上飛著的小鳥，圍繞在他身旁的蝴蝶。他也不時閉上眼睛，感受微風吹動着他的毛髮。我和朋友們在附近打鬧着，豬仔也沒理我們，依舊沉浸在他的小世界裡，只是偶爾睜開眼睛看一看我。

吃完早飯，我鬆開了系在椅子上的綁帶，豬仔便馬上跳到草地上。

因為熟悉了環境，小小冒險家開始在營地附近探索。豬仔嗅嗅地下，嗅嗅帳篷，他在幾個帳篷之間穿梭，最後回到我們自己的帳篷面前，停留了很久。

他使勁地嗅着帳篷的味道，隨後在帳篷旁邊打起滾來。

我知道貓貓喜歡把自己的味道，蹭到屬於他的物件上，例如我。

家裡的所有地毯衣物沙發等等，都經過他長年洗禮。豬仔用這種可愛的方式向世界宣告着，「這是我的！」。

想不到來到大自然大草地中，豬仔也想要霸佔地盤。

是啊，只要你有一顆勇敢的心，沒有哪裡是你不能前往的。

媽咪為你記下這片草地，我們約好下次再來。

23.
相親記

豬仔自從躲過了絕育，便是真的解放了。

因為我後來從醫生那裡了解到，隨著他長大，絕育的意義變得越來越輕。這點僅針對貓男生。女生貓貓絕育後，能有效減少日後子宮病變的機會，但男生貓貓本來睪丸病變的機率就不高。再加上，豬仔現在在角落滴尿霸地盤的行為已根深蒂固，就算絕育後，也難以杜絕了。避免不了不良行為，還要承受麻醉風險，這個選擇，媽咪不會做。

所以我在朋友圈中正式宣布，我的貓還是男生喔，誰有興趣相親的話就告訴我！

這本來只是一句玩笑話。沒想到有一天，我正在為一套電影開工，劇組的特技化妝師 Ryan 走近，神神秘秘地打開了他的手機相冊。他展示給我看的，是一張貓貓照片，一看之下，我發出了驚嘆。好漂亮的貓貓！而且，長得和豬仔一摸一樣！Ryan 的貓女兒簡直就是長著睫毛、畫著眼線的豬仔沒錯了。

這對親家自然一拍即合。貓女兒叫 Geisha，比豬仔小一歲，正值適婚年齡，而且有一個很想抱貓寶寶的爸爸。

我即場和 Ryan 約好，待 Geisha 時機一到，我便帶著豬仔上門求親。

到了求親的大日子！兩位家長都很緊張，聽說有的貓貓一次便成功，有的卻是見過很多次都不咬弦，不知道豬仔和 Geisha 的交往會是怎樣？

我帶著豬仔來到 Geisha 家。豬仔以往見到貓妹妹都是比較害羞的，這次也不例外，遠遠看見別人，就只敢緩慢移動。而發情中的 Geisha 也有脾氣，滿心不悅地躺在高高的閣樓不願下來。

我見豬仔走到 Geisha 的閣樓前，坐下凝視著她。媽咪和岳父都深感安慰，覺得這小子不錯，還挺進擊的。

原來我們開心得太早，而這兩位主子也太能熬了，竟然就這樣一上一下地對峙了幾小時。我和 Ryan，早已從開始的翹首盼待，坐到滿身都是蜘蛛網。

最後，公主終於從閣樓上下來，二人走得近了一點，會互相摩擦一下鼻子，但又馬上躲開。都是很內向的性格呀。

感情這件事急不來，就讓這兩位含蓄的小朋友多多相處一下吧。我有預感，豬仔最後會成功，抱得美人歸。

豬仔：下次，能不能再靠近一點點 ....

24.
HAPPY CAT , HAPPY LIFE！

如題。

經過這幾年和豬仔相處，我更懂得順流而去這個道理。不去勉強，不去左右，跟隨生活的節奏，忠於自己的聲音。

這是豬仔一直在做的事。無論外面的世界艷陽高照或狂風暴雨，他就只跟著自己生活的節奏。風景嘛，透過窗戶看看就好。

在照顧豬仔的過程中，我發覺自己的生活也越來越豐盛。

原來像貓一樣，我需要的東西其實很簡單。少吃多餐，多點喝水，不喜歡做的事情，就不做。

原來像貓一樣，天大的難題，睡一覺好的，便解決了大半。

原來像貓一樣，我也很怕吃苦藥。為了不用被病痛折磨，我堅持鍛鍊，每天吃健康的食品和營養品。要謝謝豬仔，因為我每天餵他吃小藥丸時，就會想起我自己也要吃。

原來像貓一樣，我發現我和豬仔都很長情，一件東西總是用很久都捨不得扔掉。捨不得就留著，畢竟上面有我們的氣味，這是獨一無二的。既然一件東西可能要用上一輩子，那在一開始我們便要選最好的。

如豬仔所願，媽咪搬到了一個有著大扇落地玻璃窗的家。

豬仔依舊每天坐在窗前看日出日落，不知道這裡的景色，和之前的家窗戶外看到的有沒有不同？可能在豬仔眼中，這也不過是同一個太陽，最重要的，還是媽咪在吧。

願你一直快樂，我的小寶貝。無論去到哪裡，都保持這顆清澈、樂觀的心。媽咪也會努力，讓你繼續無憂無慮地生活，陪媽咪走過一個又一個十年。

J.Cai

寫給在芒果星的妹妹

Hello 妹妹，你好嗎？不知道你在芒果星過得好嗎？

媽媽好像第一次動筆寫信給你，但其實無數次我在心裡與你對話，相信你也是聽到的。每次跟你說話，媽媽還是會忍不住流淚。我本來以為隨着時間慢慢過去，我不會像以前一樣那麼想念你。但原來有些思念，就像泡一壺茶，隨著時間過去，越變越濃。

眨眼間，你離開媽媽身邊已經十年了。相信你也知道，媽媽現在有了新的小朋友，叫做豬仔。

豬仔和你的性格相差甚遠，他很開朗，傻傻的，也很樂觀。媽媽也漸漸被他改變了。

但想想，其實你的性格和媽媽比較像，總是喜歡靜靜地看着身邊的人，感受他們的喜怒哀樂。如果對方不開心了，會第一時間上前為他抹走眼淚。

我還記得，以前媽媽還在讀書的時候，遇到不開心的事，躲在床上偷偷哭。這時突然感受到，臉上有股暖暖的刺痛，原來是你悄悄來到媽媽身邊，為媽媽舔走眼淚。

你是一個很體貼的小朋友，總是默默陪伴，報喜不報憂。

很記得，當時媽媽忙於畢業事宜，東奔西走，到處比賽和拍攝，忽略了你，沒有留意到你身體不舒服。

你臨走前的一段時間，變得很安靜，但還是沒有對著我表現出任何異樣。直到媽媽有一次把你送到朋友家，因為我又要再次出門工作幾天，而你就是等著媽媽離開，才肯倒下，不願我看到你難受的一面。

當天晚上，可怕的心臟病引致肺積水，病魔帶走了你。我永遠不會忘記那一晚，是媽媽親自為你下的安樂死決定。

後來，每一次聽到別的朋友訴說類似情況，他們最後選擇堅持治療，而小動物也活了下來，媽媽就會感覺萬分愧疚和悔恨。如果當時，我再堅持一下，你會不會就留下來了呢？

但我很深刻地記得，那支針筒還沒有靠近你的身體，你便沒了氣息。你一定是硬撐了很久，也是在告訴媽媽，我的放手並沒有錯。縱使如此，你的離開也成為了我人生其中一個最大的遺憾。

妹妹，雖然你在我身邊只有短短兩年時間，但你帶給媽媽的快樂和安慰絕對不是文字可以形容的。

你走後，媽媽把你紋在了身上，希望可以帶着你繼續一起去探索世界。

在媽媽以前寫過的小故事中，有一個星球叫做芒果星。

主人公很喜歡吃芒果，他說，「如果我擁有自己的星球，那上面一定是遍佈着芒果樹，還有我最心愛的人與物。這個星球雋永地掛在天上。當我從地球離開，便會去到我的芒果星。那個時候，我便會知道，在地球上發生的事情都有意義。我遇到的人、所創造的事，都沒有消失，他們都在芒果星上等著我。我們也將永遠在這個星球上快樂地停留」。

所以，紋在媽媽身上的你，便坐在了芒果星球上。

有時突然有一刻，我會想，是不是應該讓你走，這樣留着你是不是太自私。但我常常聽到你回答，你很想陪伴著媽媽。而事實上，這麼多年來，媽媽每次拍攝流眼淚的戲份時，總能感受到你在我身旁。

謝謝你，妹妹。你給予媽媽力量，而媽媽也有力量，把這些愛傳達給身邊的其他人。

總有一天，我們會在芒果星再次相見。

媽媽愛你。

書名：《有隻貓在芒果星》

作者：蔡洁

出版社：蔡潔工作室有限公司

發行商：泛華發行代理有限公司

承印者：金龍鉅有限公司

出版日期：2023 年 7 月初版

出版協助：Louis Yeung

封面拍攝策劃：Rai Tang

封面攝影：Kirk Cheung

封面化妝：Chloe Yu

封面髮型：Terrence Chan

ISBN No. 978-988-70147-0-6